گلنار بیگم

(الف لیلہ کی ایک کہانی)

مصنف:

الیاس احمد مجیبی

© Taemeer Publications
Gulnar Begum (*Alif Laila ki ek kahani*)
by: Ilyas Ahmad Mujeebi
Edition: May '2023
Publisher & Printer:
Taemeer Publications, Hyderabad.

ISBN 978-93-5872-045-7

9 789358 720457

© تعمیر پبلی کیشنز

کتاب	:	گلنار بیگم
مصنف	:	الیاس احمد مجیبی
صنف	:	ادب اطفال
ناشر	:	تعمیر پبلی کیشنز (حیدرآباد، انڈیا)
زیر اہتمام	:	تعمیر ویب ڈیولپمنٹ، حیدرآباد
سالِ اشاعت	:	۲۰۲۳ء
تعداد	:	(پرنٹ آن ڈیمانڈ)
طابع	:	تعمیر پبلی کیشنز، حیدرآباد –۲۴
صفحات	:	۳۴
سرورق ڈیزائن	:	تعمیر ویب ڈیزائن

فہرست

پیش لفظ

ایک مہذب اور صاف ستھرے سماج اور ملک و ملت کے زریں مستقبل کے لیے ادب اطفال کی جتنی ضرورت ہمیں کل تھی، آج بھی ہے۔ ان کہانیوں میں وعظ و پند کا شور نہیں بلکہ انسان دوستی اور ہمدردی کی دھیمی دھیمی اور بھینی بھینی مہک ہونی چاہیے۔

بچوں کے ادب کی زبان نہایت آسان ہونی چاہئے۔ طرز ادا اور اسلوب بیان ایسا ہو کہ بچے بخوشی انہیں پڑھیں، ان میں دلچسپی لیں، ان کو پڑھ کر مسرت محسوس کریں۔ کہانیوں میں مختلف دلچسپ واقعات کی شمولیت سے بچوں کی دلچسپی کو بڑھایا جا سکتا ہے۔

تعمیر پبلی کیشنز کی جانب سے الیاس احمد مجیبی کی دو دلچسپ کہانیوں کا ایک جدید ایڈیشن شائع کیا جا رہا ہے۔

گلنار بیگم

یہ ریڈیو والے بھی خوب لوگ ہوتے ہیں۔ بیٹھے بیٹھے انہیں نئی نئی باتیں سوجھا کرتی ہیں اور یہ سب خوب خوب سوچتے ہیں۔ روٹی جو اسی دھندے کی کھاتے ہیں۔ بھئی یہ اپنی لے مجھ سے ناکارہ کو بھی نہ جانے کیا سوچ کر یا بھول چوک میں آ کر حکم دیا کہ لکھو ایک کہانی اور اس کا نام بھی رکھ دیا کہ "ایک تھی شہزادی : کون تھی کیا تھی کہاں کی تھی۔ البتہ کے بندوں نے یہ کچھ نہ بتایا۔ اچھا بھئی ہمیں بھی ایک شہزادی کی کہانی یاد آ ہی گئی۔ الف لیلہ کی، جو کبھی ہم نے آل انڈیا ریڈیو دہلی سے نشر کی تھی۔ مگر وہ کہانی تھی ذرا بڑی اور انہیں چاہیے تھی چھوٹی سی کہ پانچ منٹ میں

مائک پر نشر ہو جائے، چونکہ وہ دُرتی والی بچوں کہانی نے پسند کی تھی، بڑوں نے بھی۔ اللہ کا نام لے کر ہم نے اُسی میں کتر بیونت کر کر اُس کا پہلا حصہ پھر سے لکھا، ریڈیو پاکستان کراچی بھیج دیا۔ وہاں سے نشر ہوا۔ اب جو کتاب بنانے کی ٹھہری تو جو حصہ چھوٹ گیا تھا اُسے بھی شامل کر لیا۔

ہاں تو بھئی ایک تھی شہزادی، سچ مچ وہ شہزادی ہی تھی، لیکن غریب لونڈی بن کر بوی۔ پھر خدا نے کیا اُس کے دن پھرے، دلدر دور ہوئے۔ اچھا تو پھر سُن ہی لو وہ کہانی، اپنے ایک بوڑھے دوست کی زبانی: ۔ اگلے وقتوں میں ایک بادشاہ تھا بہت بڑا، بہت ہی بڑا۔ سبھی کچھ تھا پر اولاد کو ترستا بیچارہ دن رات کڑھا کرتا۔ خیر خیرات، دعا تعویز، پیر فقیر، منتیں مرادیں، گنڈے تعلیتے، ٹونے ٹوٹکے، جادو منتر، پوتھی رمل، غرض کہ سبھی جتن کر چھوڑے پر ابھی تک خدا کا حکم ہوا نہ دل کا کنول کھلا۔ ایک دن اسی غم میں اُداس بیٹھا تھا کہ خواہ سرا حاضر ہوا آداب بجا لایا، بادشاہ نے دیکھا تو خواہ سرا نے عرض کی۔ اعلیٰ حضرت! جان کی امان! جان کی امان! حکم ہوا کہو۔ عرض کیا: جہاں پناہ! ایک سوداگر آیا ہے، ساتھ ایک لونڈی لایا ہے۔ حکم ہوا حاضر کرو۔ بادشاہ نے جو وہ لڑکی دیکھی تو اس کی ہر بات بھلی معلوم ہوئی۔ نقاب جو اٹھی تو جیسے جودھوں کا چاند! بادشاہ بہت خوش ہوا، سوداگر کو انعام اکرام سے نہال، لالوں لال کر کے رخصت کیا اور اُس لڑکی سے بیاہ کر لیا۔

نئی دلہن کو دریا کنارے خوش نما، عالی شان محل میں رکھا، لاکھوں
لونڈیاں باندیاں خدمت کو، دل بہلاوے، کھیل تماشے اور اچھے سے اچھے
کپڑے اور کھانے اور جناب مزے مزے کے گانے بجانے، غرض عیش آرام
کے سبھی سامان مہیا ۔۔۔۔۔ کوئی مہینہ بھر بعد بادشاہ ملنے گیا ۔ دیکھ کر باغ
باغ ہوا۔ خیال کیا اس کا انداز لونڈیوں جیسا تو ہے نہیں ۔ ہو نہ ہو یہ کسی
بڑے گھرانے کا چراغ ہے۔ بس تو اس پر ایسا ریجھا کہ سب کو چھوڑ دریائی
محل میں رہنے لگا۔

یوں تو اسے دیکھ دیکھ جیو لانہ سماتا پر ایک بات سے جی ہی جی میں کُڑھا
کرتا۔ بات یہ تھی کہ وہ لڑکی بولتی نہ تھی ، برس دن کی مدت بیتی ، پر اس خدا
کی بندی کی زبان نہ ہلی ۔ بادشاہ ایک دن بے تاب ہو کر بولا : بیگم ! آخر یہ
بھید کیا ہے کہ تم بولتی اور بات چیت نہیں کرتیں ۔ میں تو ہار گیا ۔ تمہارے
دل کا حال نہ کھلا ۔ میری بدنصیبی جو تم جیسی پری گوئی ملے ۔ میں تو خدا سے نو
لگانے بیٹھا ہوں کہ ہمیں ایک سپوت ایسے دے کہ ہمارا نام رہے ، وہ ہمارا جانشین
بنے ، باپ دادا کی سلطنت نہ جائے۔ بولو تو بولو نہیں تو اسی دریا میں ڈوبا جاتا
ہوں۔ لڑکی نے منے کے لیے کرتہ بامیں سِئیں اور مسکرائی ، اب تو خوشی کے
مارے بادشاہ کی باچھیں کھل گئیں ۔۔۔۔۔۔۔۔ اعلیٰ حضرت ! وہ آخر
بولی ، کہنے لگی آپ سا نیک انسان زمین کے پردے پر تو میں نے کوئی دیکھ

ہیں، آپ بادشاہ ٹھہرے اور میں تو جیسے بونڈی ہوں شکر یہ کس منہ سے ادا کروں۔ یوں تو بہتیری باتیں کرنی ہیں، لیکن سب سے پہلے ایک خوش خبری سنانی ہے کہ بس...... اب....... حضور کی باندی...... ۵، ۶ مہینے بعد...... ماں بننے والی ہے! یہ کہہ کیا شرما سی گئی اور گردن جھکالی ...... یہ جو سُنا تو بادشاہ خوشی سے اُچھل پڑا، بولا: مگر یہ تو بتاؤ پیاری! تم اِتنے دن چپ لگائے کیوں رہیں؟ تم تو بات کیا کرتی ہو مُنہ سے پھول جھڑتے ہیں۔ اچھا تو اب اپنا نام نشان اور حال بھی تو بتاؤ ——— کہنے لگی: میرا باپ ایک دریائی ملک کا بادشاہ تھا، ایک میرا بھائی ہے صالح، ماں بھی زندہ سلامت ہیں، شاہ بابا جنّت کو سدھارے۔ اور مسکرا کر بولی: میرا نام ہے گلنار بیگم! ہمارا ملک بہت ہی اچھا تھا باغ و بہار، راعی رعایا۔ حاکم اور محکوم خوش و خرم، کسی کو فکر نہ غم۔ خزانہ مال و دولت سے بھرپور، سلطنت کی حدیں دور دور۔ دشمن کو ہمارا سکھ چین نہ بھاتا، دل ہی دل میں تاؤ کھاتا۔ سبھی تو گھات میں رہتے، آخر باوا جانی کے پیچھے وہ چڑھ دوڑے۔ بھائی صالح نے مجھے دریا سے باہر لا کر چھوڑ دیا اور بولے: میں تو چاہتا ہوں تمھاری شادی زمین ہی کے بسنے والے کسی شہزادے یا بادشاہ سے کروں۔ یہ کہہ وہ تو دشمن سے لڑنے چل دیئے، میں وہیں اللہ کے سہارے پڑی رہی۔ یہ بھی سوچتی کہ زمین کے باشندے کچھ اچھے نہیں ہوتے ہیں، سوچتے سوچتے سو گئی۔ قسمت کی بدی ایک

پیچھے چلے آؤ۔ کتنا بھی گہرا پانی ہوگا تم ہرگز نہ ڈوبو گے، چلتے چلتے بدر کی ننھیال آگئی۔ نانی بدر کو دیکھ بہت خوش ہوئی۔ صالح نے ماں کو سب حال سُنایا۔ وہ بولیں: ٹھیک تو ہے، پھر بہت سے قیمتی جواہرات اور فوج ساتھ دیں کر صالح کو سُلطان سمندال پاس بھیجا ـــــ صالح دربار میں پہنچ شاہی آداب بجالایا۔ پھر جواہرات نذر کئے۔ سُلطان بہت خوش ہوا۔ اب صالح مطلب کی بات جو زبان پر لایا تو سُلطان ایک دم بگڑ اُٹھا اور حکم دیا کہ اس بے تمیز کا سر اُڑا دو۔ مگر جسے خُدا رکھے اُسے کون چکھے۔ صالح اپنی ہمت اور ترکیب سے بچ نکلا ـــــ بدر نے جو یہ گڑبڑ دیکھی تو بہت پچھتایا کہ میں نے اِن سب کو ناحق پریشان کیا، ایک دم دریا سے نکل مُلکِ ایران کی راہ لی۔

خُدا کا کرنا چلتے چلتے وہاں پہنچا جہاں سُلطان سمندال نے اپنی بیٹی جواہر کو چھپا رکھا تھا، وہ بچاری مصیبت کی ماری۔ جھاڑیوں میں منھ چھپائے پھوٹ پھوٹ کر رو رہی تھی۔ بدر نے دیکھا تو دل پر ایک تیر سا لگا، ماموں صالح کی بتائی ہوئی تصویر سامنے ہوگئی۔ اُدھر جواہر کی نظر بدر پر پڑی تو وہ بھی بے قابو۔ محبت کے فرشتے نے دونو دِل ایک دوسرے سے جوڑ دئے دونو ہزار جان سے یک دوسرے کے شیدا ہوگئے۔ پیار محبت کے پینگ بڑھے اور جب اُنھیں ایک دوسرے

کا نام نشان معلوم ہوا تو قسمت کی خوبی پر دنگ رہ گئے
اب دو نوخوش خوش ایران آئے یہاں ملکۂ ایران گلنار بیگم
نے خوب دھوم دھام سے بیٹے کی شادی رچائی۔ اب یہ دونو خوب
ہنسی خوشی رہنے لگے۔

جیسی اُن کی بنی خدا سب کی بنائے۔

گُلنار شہزادی

بھئی یہ کہانی الف لیلہ کی تو نہیں۔ یہ ہم نے ایک انگریزی کہانی سے اپنا کر لکھی اور اس کتاب میں جوڑ دی ہے۔ خدا کرے آپ کو بھائے، ہماری محنت اکارت نہ جائے۔

(مجیبی)

ایک بادشاہ تھا، اس کی چار بیٹیاں تھیں۔ مگر شہزادہ ایک نہ تھا۔ ایک شہزادی کا نام تھا گلنار، دوسری کا یاسمین، تیسری کا آذرہ چوتھی کا نرگس۔ یہ سب بہت شان دار محل میں رہا کرتیں، ہمیشہ مگن رہتیں۔ صبح سے شام تک کھیل کود، ہنسی ٹھٹھول رہتی، کوئی فکر تھا نہ دُبدھا یا غم پاس پھٹکتا۔

خدا کا کرنا اُنھی دنوں کہیں اور کا ایک شہزادہ بھٹکتا بھٹکتا شہزادیوں کے محل تک پہنچا۔ تھک بہت گیا تھا۔ باغ میں جو کھچیاں بنی ہوئی تھیں، اُنھی میں آکر بیٹھ گیا۔ پاس ہی کے ایک بڑے سارے کمرے میں شہزادیاں

بیٹھی ستار یا سرود بجا رہی تھیں، ہلکی پھلکی آواز اور ہلکے ہلکے سروں میں گا رہی تھیں، شہزادے کو ایسے میں بھلا نیند کیونکر آتی۔ سوچ رہا تھا کہ اللہ میاں یہ کون ہے جو ایسے میٹھے گیت گا رہا ہے!

بس تو شہزادہ جو تھا یا قسمت یا نصیب اللہ کا نام لے اُٹھ ہی تو کھڑا ہوا اور بڑھا اور آگے تو اُسے ایک اور خوش نما سا دروازہ ملا، اس سے جو ہاتھ لگایا تو پھلکے ہی میں کھل گیا۔ جیسے جادو کر دیا کسی نے اور صاحب دروازہ جو نہیں کھلا کیا دیکھتا ہے کہ چاروں شہزادیاں بڑی شان آن بان اور خوب ٹھاٹھ سے بیٹھی ہیں، ایک بہت شان وار بڑے سے کمرے میں اور کمرا خوب ہی تو سجا سجایا ہے، طرح طرح کی چیزیں جگہ جگہ سلیقے، سگھڑاپے اور قرینے سے لگی ہیں!

شہزادیوں کو ہوا تو ہوا مگر جب شہزادے کو تھکا تھکا دیکھ اُنہیں کچھ ترس آیا، خیال کیا ہو نہ ہو یہ کہیں کا شہزادہ ہے، ضرور اس پہ کچھ بیتا پڑی ہے جو یہ اندر بے دھڑک چلا آیا۔ بڑی شہزادی لگنا آرنے کہا: آئیے آئیے کھانا کھائیے۔ شہزادے نے کہا: لیکن میرا گھوڑا مجھ سے زیادہ تھکا اور بھوکا ہے، اُسے بے کھلائے پلائے تو نکڑا نہیں تو ڑ سکتا ہوں۔ چاروں شہزادیوں نے اُسی دم اِس کا بھی سُبیتا کر دیا، تب کہیں شہزادہ و آکر میٹھا منجنت ہو کر اور سب کے ساتھ کھایا پیا۔ پھر اُس نے بتایا کہ باپ میرے بادشاہ ہیں، وہ

سردار اُدھر آمرا، مجھے سوتے میں اُٹھا لے گیا۔ اُس نے خوشامد بھی کی، ڈرایا دھمکایا بھی پر میں اس کے بس میں نہ آئی۔ ایسی سزا دی کہ یاد کرتا ہوگا، آخر تنگ آکر اُس نے بھاری داموں پر سوداگر کے ہاتھ مجھے بیچ دیا۔ خدا کی باتیں خدا ہی جانے سوداگر نے آپ کی خدمت میں پیش کیا۔ آپ نے میری لاج رکھ لی۔ پھر بھی سوچا کرتی بھائی صالح اور اماں بی کیا سوچتی ہوں گی۔ یہ تو پتہ چل گیا ہے کہ وہ سب صحیح سلامت ہیں۔

گلنار بیگم کی داستان سن کر بادشاہ بے حد خوش ہوا، اُسے ملکہ فردوس کا خطاب دیا اور منادی کرائی کہ دریائی محل والی بیگم دریائی ملک فردوس نامی کی شہزادی ہیں — پھر بادشاہ نے دریائی ملکوں کا حال پوچھا، گلنار بیگم نے ایک ایک بات بتائی، پھر کہنے لگی اب جو آپ اجازت دیں تو میں بی اماں اور بھائی صالح کی دعوت کروں، وہ میری جدائی میں بے چین ہوں گے۔ بادشاہ نے خوشی ظاہر کی اور دعوت کا شاندار انتظام کیا — گلنار بیگم نے کہا: اعلیٰ حضرت آپ ذری آڑ میں تشریف رکھئے، تھیلیوں میں سے تماشا دیکھئے۔ بادشاہ اوٹ میں ہو بیٹھا اور گلنار زنانے خلوت کے شاندار دالان در دالان میں بڑی آن بان اور ٹھسے سے بیٹھی رہی۔ کونے کونے میں عود اور طرح طرح کی خوشبوؤں سے انگیٹھیاں دہک رہی تھیں۔ اسی میں گلنار بیگم کچھ بے دھڑکے سے بول پڑھنے لگی، ایکا ایکی

دریا کا پانی چڑھنے لگا، دیکھتے دیکھتے محل کی سیڑھیوں سے آ لگا۔ اور صاحب اُسی میں سے ایک بڑا سجیلا جوان نکلا، بہت خوب صورت، یہ گلنار کا بھائی تھا صالح، اُس کے پیچھے ایک بی بی تھیں، بہت شان شوکت والی چاند سا چہرا بھاری بھرکم انداز، نگاہ میں رعب داب، بات چیت میں لوچ اور مٹھاس یہ گلنار کی ماں تھیں۔ اُن کے پیچھے چھوٹے چھوٹے بچے، خوبصورت خوبصورت سے، بیگم صاحب کی بڑے گھیر کی گون سنبھالے۔ اُن پھندنا سے بچوں کے پیچھے کوی ۱۰، ۱۲ اپنی بیاں اور کہ وہ بھی ایک سے ایک بڑھ چڑھ کے خوبصورت رہیں —— گلنار کچھ لجائی لجائی بھی اور خوشی سے دل میں لڈو بھی پھوٹ رہے تھے مسکراتی آگے بڑھی۔ سب سے ملی، سب نے اُسے گلے لگایا۔ گلنار نے اُن کا، اُنھوں نے گلنار کا حال پوچھا۔ گلنار نے کل ماجرا کہہ سنایا۔ اس کے بعد گلنار خوش خوش بادشاہ پاس گئی، دونوں ہاتھ میں ہاتھ ڈالے خوشی سے مسکراتے سامنے آئے۔ بادشاہ بھی بہت خوش ہوا غرض سبھی خوش تھے۔ پھر خدا نے کیا ۵، ۶ مہینے بعد سچ مچ گلنار بیگم کے ایک چاند سا بیٹا پیدا ہوا۔ بدر اس کا نام رکھا گیا۔ اور بادشاہ جو تھا وہ مارے خوشی کے پھولا نہ سماتا۔ اور جناب اسی دن کیا ہوا کہ نعیم اپنے بھانجے بدر کو دائی سے لے اِدھر اُدھر ٹہلنے لگا اور ایک دم دریا میں کود، یہ جا وہ جا، بات کی بات میں غائب! یا اللہ! یہ کیا غضب ہوا! اب تو سارے محل میں کھلبلی پڑ گئی۔ بادشاہ سر

سرے سرے مارتا کہ ہائے ہائے مقدر ہی میرا پھوٹا کا پھوٹا رہا، گلنار اُس کی ماں اور دوسری دریائی بی بیوں نے بادشاہ کو دلاسا دیا کہ آپ فکر نہ کریں، خدا چاہے بچے پر آنچ نہ آئے گی، یہ باتیں ہو ہی رہی تھیں کہ نعیمہ بدر کو گود میں سنبھالے اور ایک بغل میں ایک صندوقچی دبائے آموجود ہوا! کہنے لگا، گستاخی معاف ہمارے دیس اور ہماری قوم کی یہ ریت ہے کہ ہمارے یہاں جب کوئی بچہ زمین پر پیدا ہوتا ہے تو پہلے ہم اُسے دریا کی سیر کراتے ہیں۔ پھر صندوقچی کھول طرح طرح کے ہیرے جواہر نکالے، ایسے کہ زمین کے تختے پر کسی کے پاس ویسے جواہرات کہاں۔ وہ سب اپنے بہنوئی بادشاہ ایران کو پیش کئے، بادشاہ بہت خوش ہوا بہت ہی خوش۔

کچھ دن بعد صالح اور دوسرے مہمان واپس چلے گئے۔ یہاں شہزادہ بدر جوں جوں بڑا ہوتا ، بادشاہ اور ملکہ گلنار دیکھ دیکھ پھولے نہ سماتے۔ بدر جب پندرہ برس کا ہوا تو لکھ پڑھ کے ایسا نکلا کہ ہر فن مولا! اب بادشاہ نے اُسے اپنا جانشین بنایا، وہ پرجا کی دیکھ بھال ایسی کرتا کہ ایک ایک اس پر فدا تھا، چھوٹا بڑا اُس کا کلمہ پڑھتا تھا۔

اب بدر بادشاہ کی کہانی سنئے۔ الف لیلہ کی کہانیوں میں یہی تو خاص بات ہے کہانی میں کہانی، کہانی میں کہانی چلی ہی تو جاتی ہے! ہاں تو کئی برس بعد صالح اپنی بہن گلنار بیگم سے ملنے جو آیا تو ایک دن بولا: بدر کی شادی

ہیں اب کیا دیر ہے، تم نے کوئی لڑکی دیکھی ؟ کہو تو میں اپنے دریائی ملکوں میں کوئی شہزادی تلاش کروں، اسی رات جب دیکھا کہ بدر سو گیا ہے شہزادی جواہر کا حال سُنایا جو سلطان سمندال کی بیٹی تھی اور خوب صورتی میں اپنی مثال آپ۔ گلنار بولی، بالکل ٹھیک یہ جو ہو جائے تو کیا ہی کہنا! لیکن صالح نے کہا: سلطان ہے بہت گھمنڈی، شاید ہی مانے۔ خیر یا قسمت یا نصیب، میں جاؤں گا ضرور، پیام دوں گا، پھر دیکھا جائے گا، لیکن خبردار بدر کو خبر نہ ہو نہیں تو وہ بِن دیکھے جواہر کا عاشق ہو جائے گا۔

یہ بہن بھائی سمجھتے تھے کہ بدر سو گیا ہے، مگر وہ یہ سب باتیں سن رہا تھا۔ صبح ہوئی صالح جانے لگا تو بدر اڑ گیا کہ میں بھی ساتھ چلوں گا ماں سے شکار کا بہانا کر ماموں کے ساتھ چل دیا۔ شکار میں ایک دن اتفاق سے دونو کا ساتھ چھوٹ گیا۔ صالح بہت پریشان ہوا۔ آخر کئی دن پیچھے بدر کو پایا۔ وہ پھوٹ پھوٹ کے رو رہا تھا، اور شہزادی جواہر کی رٹ لگی تھی۔ صالح کا ماتھا ٹھنکا ہو نہ ہو بدر نے ضرور ہماری باتیں سن لیں۔ بدر جب ہوش میں آیا تو بولا: ماموں ابا! میری جان کی خیر مناؤ تو مجھے اپنے ساتھ لے چلو۔ صالح نے مجبوراً ساتھ لے چلنے کی ہامی بھر دی۔ اُسے ایک انگوٹھی پہنائی اور کہا: اب تم بے دھڑک میرے

آؤ بھگت کی اور لے جا کر ایک شان دار، سجے سجائے کمرے میں دیوان پر بٹھایا
پھر کھانا لگا، بڑھیا نے انکار کیا مگر شہزادیاں پیچھے ہی پڑ گئیں تو جیسے مجبور ہو کر
یوں ہی سا بس منھ جھٹالا اور ہاتھ کھینچ کر بولی کہ لو بیٹی آپ کا کہنا کر دیا، یہ
اس سے زیادہ کی گنجائش نہیں۔ شہزادیوں نے کچھ نہ کچھ اصرار کیا تو سہی مگر زیادہ
زور دینا بھی ٹھیک نہ جانا۔ کہنے لگیں اچھا جو آپ کی خوشی۔ اِدھر اُدھر کی
باتیں ہوا کیں، شہزادیوں نے کہا آپ کو تکلیف تو ہوگی لیکن ہماری خوشی ہے کہ
آپ اپنے لئے کوئی جگہ پسند کر لیجئے، وہاں جو آپ کا دل چاہے سو کیجئے۔
بڑھیا مسکرا کر بولی: بیٹی آپ کیوں میری خاطر پریشان ہوتی جاتی
ہیں، مجھے وہیں پڑا رہنے دیجئے وہاں بھی آپ کے لئے دعا کرتی ہوں، مگر
شہزادیاں مانیں ہی نہیں۔ آپ جانیں بڑھیا تو دل سے چاہتی یہی تھی پھر
بھی بناوٹ سے کام لے رہی تھی۔ آخر شہزادیوں کی ضد پر گویا بڑے تکلف
سے کہنے لگی: اچھا بیٹی جیسی آپ کی خوشی اور میری پسند کی ایسی کیا بات
ہے، کوئی سا بھی کونا دے دو، وہیں پڑی رہوں گی۔ غرض اب لمبی چوڑی بات
کیا کریں۔ بڑھیا آفت کی پڑیا کو ایک اچھے سے کمرے میں ٹکا دیا گیا۔ وہ دن
رات تسبیح یا نماز پڑھا کرتی اور موقع تاکتی رہی اور یہ اُس نے جانچ ہی لیا کہ
بڑی شہزادی گلنار ہی سے شہزادے کا جی زیادہ ملا ہوا ہے۔
جب سنسان رات ہو جاتی اُس کے لئے ہوئے آدمی ترکیب سے اُس سے

آ کر مل جُل جاتے۔ بات یہ ہے کہ اُس کا ایک سرے پر ہی تھا، صدر کی عمارتوں سے خلے پٹے پر جس کا ایک دروازہ باہر سڑک پر بھی کھلتا تھا۔ بڑھیا اُن آدمیوں کو بھروسا دیتی رہی کہ بس اب جلد ہی کام ہوا چاہتا ہے ـــــ ہونی شدنی، شہزادے کا پھر جی چاہا باپ سے ملنے کو، تھوڑے ہی دنوں بعد شہزادیوں سے بات چیت کر اُس نے پھر گھر جانے کی تیاری کر دی۔ اب شہزادیوں نے بھی اچھی اچھی چیزیں شہزادے کو دیں کہ یہ ہماری طرف سے شاہ بابا کو تحفہ دیجئے گا۔ غرض شہزادہ روانہ ہو گیا، جا کر باپ سے ملا، شہزادیوں کے تحفے پیش کئے۔ بادشاہ بہت خوش ہوا، یقین کیا کہ بے شک ٹھیک ہی کہتا ہے شہزادہ اور شہزادیاں ہیں ضرور، اچھی سلیقے کی لڑکیاں معلوم ہوتی ہیں۔ مگر سلمہ کانی کو خبر لگی تو وہ اور جل مری۔

اُدھر بڑھیا کٹنی اپنی ہی گھات میں تھی۔ دوسری شہزادیوں کو تو کچھ زیادہ دل چسپی نہیں رہی پر بڑی شہزادی گلنار جو تھی وہ اکثر بڑھیا پاس آ جایا کرتی۔ بہت ادب سے دیر دیر چپ چاپ بیٹھی رہا کرتی۔ ایک رات کیا ہوا کہ تینوں شہزادیاں تو غافل سو رہی تھیں، پر بڑی بہن گلنار شہزادی کو نیند آ نہیں رہی تھی، بے چینی سی رہی، برابر کروٹیں بدلتی رہی۔ آخر جی میں آیا کہ چلو بھئی بڑی بی پاس چل کر بیٹھیں۔ بس تو مسہری سے اُٹھ چلی اُس کٹنی کی طرف، بڑھیا نے جو آہٹ پائی تو جلدی سے سنبھل بیٹھی تسبیح لے کر۔ شہزادی نے دیکھا کہ

آدھی رات بیت چکی، پر اس اللہ کی بندی کی تسبیح نہ چھوٹی نہ اس کی پلک سے پلک لگی۔ خیر، بہت ادب سے اندر آنے کی اجازت چاہی۔ بڑھیا تو حرفوں کی بنی ہوئی تھی ہی، اُس کے تو دل کی کلی کھل گئی، وہ جو کہتے ہیں اللہ دے اور بندہ لے، وہ تو دل سے چاہتی ہی تھی کہ سونے کی چڑیا پھنسے تو سہی اور اس سے زیادہ اچھا موقع کب ملے گا۔ بولی: آئیے آئیے، بیٹی! خیر تو ہے، یہ آج اتنی رات گئے کیسی تکلیف کی آپ نے؟

شہزادی نے ماجرا بیان کیا تو پاجی بڑھیا مسکرائی پھر بولی: بیٹی! جب دل کہیں اٹکا ہوتا ہے تو آدمی بیٹھی نیند سو نہیں پاتا ہے۔ اور دیکھئے نا مجھی کو، دن رات اللہ کی قدرت کا تماشا دیکھتی اور سر دُھنتی ہوں۔ ایسا معلوم ہوتا ہے جسے آپ دل سے چاہتی ہیں وہ آپ سے بچھڑ گیا ہے۔

شہزادی یہ سُن کر شرما۔ لجا سی گئی، آنکھیں نیچی کر لیں حیا سے۔ ٹھیک ہی کہا اُس نے۔ اُسے معلوم ہی تھا سب کچھ اور شہزادے کو سدھارے دوسرا ہی تو دن ہوا تھا۔ پھر کہنے لگی خیر، میں دعا کروں گی آپ کے لئے۔ اسی میں شہزادی کی نظر ایک گلاس پر پڑی، اُس میں کوئی شربت بھرا تھا لبالب، شہزادی نے پوچھا بھلا یہ کیا ہے اماں؟

بڑھیا پھر کچھ مسکرائی۔ بولی: آپ جانتی ہیں کھانا دانا جیسا کچھ میں کھاتی ہوں اور آپ سے اپنا کوئی بھید چھپانا بھی نہیں چاہتی ہوں۔ بیٹی!

اللہ اپنی قدرت سے یہ ایک نعمت بھیج دیتا ہے، اِس سے دل قوی رہتا ہے اور اُس کا نام لینے میں جی نہیں اُکتاتا ہے۔

واہ اماں جی وا، یہ تو خوب چیز ہوگی، سچ مچ اللہ میاں کی نعمت، شہزادی کہنے لگی: پھر تو زیادہ نہیں دو چار گھونٹ ہمیں بھی پلائیے، بڑی عنایت آپ کی، ہم بھی تو دیکھیں اِس میں کیا گُن بھرے ہیں

بیٹی یہ آپ کے پینے کی چیز نہیں، بڑھیا نے کہا: آپ اسے پی کر شاید قابو میں نہ رہیں گی، یہ ایسی ہی چیز ہے، ویسے ہے بے شک اللہ میاں کی نعمت۔ خاص اُس کی بھیجی ہوئی، نہیں تو آپ جانیں بے کھائے پیے کوئی اتنے دن زندہ سلامت رہ سکتا ہے!

مگر شہزادی کسی طرح نہ مانی۔ ضد پڑھتی ہی رہی اور آپ جانیں بڑھیا تو یہی چاہتی ہی تھی۔ بس تو مُردی نے پورا آدھا گلاس وہ شربت شہزادی کو دے ہی دیا اور وہ اُسے ایک نعمت جان کر غٹ غٹ چڑھا گئی!

اُف غضب ہی تو ہوگیا، شربت حلق سے اُترا ہی تھا کہ شہزادی کا سر گھومنے لگا، بڑھیا ہوا دینے لگی، اوپر سے گلی کا دروازہ بھی کھول دیا اور فرّاٹے کی ہوا آنے لگی اور جناب شہزادی جو تھی بالکل بے ہوش ہو گری پڑی! بڑھیا کے آدمی لگے ہی رہتے تھے، اُنھیں کسی ترکیب سے بلا شہزادی کو گویا اُڑن کھٹولے پر بیٹھا اور خود بھی اس کے ساتھ بیٹھ یہ جا وہ جا، ہوا ہوگئی وہاں سے

میری شادی چچا کی بیٹی سلمہ سے کرنی چاہتے ہیں لیکن میں اُس سے بےزار ہوں کہ وہ ٹھیک لڑکی نہیں، اوپر سے کانی بھی ہے۔ مگر شاہ بابا کو ناخوش کرنا بھی اچھا نہ تھا، یوں میں گھر سے نکل آیا۔ اِدھر اُدھر مارا مارا پھرا، پھرتے پھرتے یہاں آ نکلا، آپ سب سے ملنا جو بدا تھا۔

اب شہزادیوں نے شہزادے کو ایک اور اچھے سے شان دار کمرے میں ٹِکا دیا۔ جہاں وہ خوب آرام سے رہا کرتا۔ پانچ چھ مہینے بیتے ہوں گے کہ باپ ماں سے ملنے کو اُس کا جی چاہا۔ کسی طرح ٹِکا ہی نہ گیا۔ بس تو ایک دن چل کھڑا ہوا۔ چلا چل چلا چل۔ ایک دن شاموں شام وہ باپ کے شاہی محل پہنچ ہی لیا۔ شاہ بابا اور شاہ بیگم شہزادے کے پیچھے ہلکان ہوئے تھے۔ اب جو اچانک شہزادے کو دیکھا۔ اور خود شہزادہ دونوں کے قدموں پر گر گرا، ور پھوٹ پھوٹ کے رونے لگا تو وہ بھی اپنی ضد پر پچھتا ہی رہے تھے۔ گلے لگا لگا کے رونے، بار بار پیار کرنے لگے۔ پھر شہزادے نے چاروں شہزادیوں کا حال سُنایا کہ انھوں نے بڑی محبت، عنایت سے رکھا۔ بادشاہ اِس بات سے خوش ہوا، کہنے لگا: اچھا بھئی تو پھر اُنھیں کیوں نہ آئے یہاں۔ شہزادے نے کہا: اچھی بات ہے، آپ کا حکم بجا لانے کی پوری کوشش کروں گا۔

کانی سلمہ کو بھی یہ خبر لگی، اُس نے شہزادیوں کو بُری طرح کوسا پیٹا۔ پھر جی ہی جی میں کہنے لگی: اللہ رے شہزادے، تیری یہ بے مروتی بے وفائی

کہ ان جان ٹرکیوں کو دل نے آیا اور مجھے گِراد یا منظر سے۔ لیکن تھیٹر تو بھی میں بھی چھوڑنے والی نہیں اُنھیں، جو بن پڑے گا کسر نہ اُٹھا رکھوں گی، آگے پیچھے چاروں کو ٹھکانے لگا کر چھوڑوں گی، تب تو شہزادہ قابو میں یوں آ کے لے گا۔

بس تو یہ بُری بُری باتیں جی میں ٹھان کافی سلکمے نے ایک بوڑھی کُٹنی کو بلایا، اُس کو چاروں شہزادیوں کا حال بتایا اور کہا جیسے بنے اُن میں سے ایک کو تو میرے پاس لے ہی آ، اُس کو جسے شہزادہ خاص کر چاہتا ہے ۔

کُٹنی بُڑھیا آفت کی پُڑیا نے ہامی بھر لی کہ ہاں یہ بہم رہی میرے سر۔ بس تو وہ چلی بنتی بنتی جیسے تیسے شہزادیوں کے محل تک۔ خوب چانچا پڑتالا اور کچھ ہٹ کر جھونپڑی بنا دن رات اُسی میں بیٹھی بیٹھی رہتی، کسی کو آتے جاتے دیکھا کہ تسبیح پڑھنے لگی، ہوتے ہوتے شہزادیوں کو خبر لگی کہ ایک بڑی نیک نیک بی بی آ کے لگی ہیں۔ اُن کے دل میں یہ شوق سمایا کہ بھئی اُن بی بی سے ملے ہوتے۔

مہینہ بھی نہ بیتا ہوگا کہ شہزادہ میرا آ لیا شہزادیوں کے محل، ساتھ میں بہتیرے تحفے اور تُحفہ تحفہ چیزیں لایا جو شہزادیوں کو پیش کیں، شہزادیاں بہت خوش ہوئیں یقین کیا کہ ہاں یہ ضرور کہیں کا شہزادہ ہے، نہیں تو ایسی بُڑھیا چیزیں لانا کسی اور کے بس کی بات نہ تھی۔ خیر، ایک دن شہزادیوں نے اُس بنی ہوئی بُڑھیا کی بات بھیٹری تو شہزادے کو سُن کر کچھ بھلی نہ لگی، لیکن شہزادیوں کا دل بھی سیلانہ کر نا چا ہتا تھا، پھر بھی یوں کہنے لگا: اچھی بات ہے اُسے بلا لیجیے،

مگر دھیان رکھئے، ایسی ہی بڑھیاں دھوکا دینے والی بھی نکلتی ہیں۔

خیر تو بڑھیا کٹنی پاس ایک آدمی بھیجا گیا۔ وہ جو گیا تو دیکھا کٹنی بیٹھی تسبیح پڑھنے میں لگی ہے، دیکھتی ہی نہیں، کون ہے، کیا چاہتا ہے نہ کسی سے کچھ پوچھتی۔ ایک دفعہ جو منھ اُٹھا اس کا تو وہ آدمی ادب قاعدے سے آداب بجالایا۔

تب کہیں بڑھیا نے پوچھا، کیا بات ہے بیٹا۔ کیا چاہتے ہو بھلا؟

سرکار! شہزادیوں نے سلام کہا ہے آپ کو

میرا بھی سلام کہہ دینا اُن سے۔ یہ کہہ پھر تسبیح پڑھنے لگی۔

ایک پیام بھی ہے سرکار، اُس آدمی نے کہا۔

بیٹی ہمیں کسی کے پیام سلام سے کیا کام۔

آپ کو نہ سہی مگر آپ جیسی اللہ والیوں سے ہم گنہ گاروں کو توفیض اٹھانا ہی ٹھیرا۔

بڑھیا کٹنی کو یقین ہوا کہ ہاں بھئی، پانی مرتا دکھائی نہ دیتا ہے البدال گلتی نظر آتی ہے۔ کہنے لگی، اچھا بتاؤ کیا بات ہے، کیا چاہتی ہیں تمھاری شہزادیاں؟

وہ آدمی بہت ادب سے کہنے لگا: حضور وہ چاہتی ہیں کہ آپ یہاں جنگل میں کیوں پڑی رہیں، آپ ایسی بی بیوں کا دم تو بہت غنیمت ہوا کرتا ہے اور اللہ کا نام تو ہر جگہ لیا ہی جا سکتا ہے، محل میں بہتیری جگہ پڑی ہے،

جہاں بھی آپ کا جی لگے پسند کر لیجئے اور جو دل چاہے سو کیجئے۔ لیکن یہاں جنگل میں پڑا رہنا آپ کے لئے ٹھیک معلوم ہوتا ہے نہ شہزادیاں اپنے حق میں ٹھیک سمجھتی ہیں کہ خدا نہ کرے ایسی ویسی کوئی بات ہوگئی تو ہم سب کے لئے ڈوب مرنے کی بات ہوگی۔ خدا کے واسطے آپ شہزادیوں کی بات قبول کر لیجئے

بڑھیا کتنی جی ہی جی میں خوش ہو رہی تھی کہ ہاں اب تو میرا داؤں چل ہی جائے گا۔ مسکرا کر بولی: نہیں بیٹا میں تو یہاں بھی آرام سے ہوں، اللہ چاہے مجھے کوئی نہ ستائے گا۔ شہزادیوں کو دعا کہنا اور یہ بھی کہہ دینا کہ میں تو یہیں پڑی پڑی آپ کے لئے دعا کرتی ہوں۔

وہ آدمی پھر خوشامد کرنے لگا کہ نہیں اماں جی آپ شہزادیوں کا دل نہ توڑیئے اور چل کر دیکھ تو لیجئے، شہزادیوں سے ملئے تو سہی، آپ خوش ہوں گی انھیں دیکھ کر اور دیکھئے اگر آپ تکلیف کر کے چلی چلیں تو اس میں کچھ میرا بھلا بھی ہے، سواری تیار ہے۔

بڑھیا کے دل میں تو جیسے لڈو پھوٹنے لگے، کہنے لگی: اچھا بھئی اگر یہ بات ہے تو چلو، میں آپ سب کی خدمت ہی کرنے والی جو ٹھیری۔

خیر صاحب بڑے نخروں سے کتنی سکھ پال پر سوار چلی شہزادیوں کے محل۔ وہ آدمی گھوڑے پر سوار ہو ساتھ ساتھ چلا۔ بڑھیا بڑی عزت کے ساتھ محل تک پہنچی، شہزادیاں پھاٹک پر آگئیں، بڑھیا کو ہاتھوں ہاتھ لیا، بہت

شہزادی کو تو سواری ہی میں پڑا رہنے دیا، خود کانی سلمہ پاس جا پہنچی۔ سلمہ دیکھ کر نہال ہو گئی، سمجھ گئی کہ ہاں معلوم ہوتا ہے بڑھیا نے مہم سر کر لی۔ مگر سلمہ کچھ کہنے بھی نہ پائی تھی کہ بڑھیا تڑ سے بولی: لایئے لایئے بی بی جی امیرا انعام، آ گئی وہ سونے کی چڑیا آپ کی، لے آئی میں اُسے۔

سلمہ پہلے ہی تاڑ چکی تھی، پھولی نہ سما رہی تھی کہنے لگی: ہاں بھئی ہاں، گلے گلے پانی، تمہارا انعام پکا رہا۔ مگر دیکھوں تو سہی تمہاری سونے کی چڑیا کو، آخر ہے کیا اُس میں کمال۔ بڑھیا کٹھانے لے جا کر دکھایا تو سلمہ بھی دیکھ کر حیران ہی تو رہ گئی، اُس کی پریوں جیسی صورت، رنگ روپ دیکھ کر۔ لیکن اپنے تئیں قابو میں کر، اور بڑھیا کو انعام اکرام دے دلا شہزادی کو سواری سے اتروا ایک چھوٹے اور بہت گندے سے مکان میں ڈلوا دیا۔ نشہ ایسا تو گہرا تھا کہ شہزادی برابر دو دن، دو رات لوتھ ہی پڑی رہی۔ کوئی تیسرے دن ہوش آیا تو حیران پریشان کہ اللہ میاں یہ کیا تماشا ہوا۔ یہ میں کہاں آ گئی اور یہ کیا جگہ ہے، کس کا مکان ہے یہ۔ مجھے یہاں کون لایا کیوں کر لایا۔ پھر دو دن سے پیٹ میں کچھ پڑا نہ تھا، بے حد نڈھال ہو رہی تھی۔ مگر کھانے کو بھی جی نہ چاہتا تھا۔ بھئی ٹھیک بات ہے، شہزادی جتنی بھی پریشان ہو اچنبے کی بات نہ تھی۔

کانی سلمہ نے شہزادی کو بہت دکھ دئے، بچاری کے لمبے لمبے بال کٹوا ڈالے، پورے بدن میں ہزاروں سوئیاں چبھوائیں اور اس نے تو اپنی

جانم میں غریب کی آنکھیں ہی پھوڑ دینے کی تدبیر کی اور اپنے آدمیوں کو حکم دیا کہ اسے لے جاؤ، کسی کنویں میں ڈال دو۔ وہ لوگ سچ مچ آبادی سے بہت دور گویا ایک جنگل میں لے جا کر کنویں میں ڈال آئے۔

ہائے ہائے، اللہ میاں بھی کس کس طرح اپنے بندوں کو آزماتے اور جانچتے پرتاتے ہیں کہ دیکھیں بھلا لہر بہر میں ہمارا بندہ ہماری دین کا شکر کس شان سے ادا کرتا ہے، شکر ادا کرتا ہے یا بغاوت۔ اسی طرح جن پر کڑیاں پڑتی ہیں انھیں بھی دیکھتا ہے کہ ہم سے مایوس تو نہیں ہوتا ہے ہمارا بندہ، یا بے ہودہ بکواس تو نہیں کرنے لگتا ہے۔ خیر تو صاحب گلنار شہزادی کو جیسی کچھ تکلیف ہوئی ہوگی سبھی تو اندازہ کر سکتے ہیں، بچاری کنویں میں پڑی چیختی رہی، بھلا جنگل میں اُس کی خبر لینے والا کون تھا، ہاں مگر وہی جس نے پیدا کیا تھا، جو ویرانے اور آبادی میں، ہر جگہ اپنے بندوں کی خبر رکھتا ہے۔ بس تو خدا ہی کا کرنا، اُدھر سے کہیں ایک گوالا گزرا تو اس نے سُنا کنویں میں کوئی بری طرح رو رہا ہے، گوالا ڈرا کہ خبر نہیں اس کنویں میں کون ہے جن بھوت۔ لیکن پھر اُس نے جی میں کہا، دیکھو تو سہی چل کر، آخر ماجرا کیا ہے اور ایسا بھی کیا کوئی جھپٹ تھوڑا ہی جائے گا مجھے۔

بس تو گوالا جو تھا اللہ کا نام لے پہنچا کنویں کے من پر، تو دیکھا کنواں اندھا ہے اور اس میں ایک خوب صورت سی لڑکی بُری طرح بیٹھی رو رہی

ہے! گوالے کا بُری طرح دل کُڑھ رہا۔ جیسے تیسے اس نے شہزادی کو باہر نکالا تو اُسے اللہ دکھ ہوا شہزادی کو دیکھ دیکھ۔ پھر وہ کسی نہ کسی طرح اُسے گھر لے گیا اپنی گھر والی سے شہزادی کے بدن سے پوری سوئیاں نکلوائیں، پھر ایک اچھے جراح کو لایا، جراح تھا بہت ہوشیار، اُس نے کچھ ایسا توجی لگا کر علاج کیا مرہم پٹی کی اور کھانے کی دوائیں بھی دیں۔ کچھ ہی روز میں شہزادی بھلی چنگی ہو گئی۔ شہزادی پڑ گو الے کی اور اُس کے گھر والوں کی خدمت کا بہت اثر ہوا۔

گوالے کا ایک لڑکا تھا، اچھا سیانا، وہ بھی شہزادی کی دیکھ بھال اور سیوا میں لگا رہتا تھا۔ شہزادی کے پاس ایک ست بنگا پڑا رہ گیا تھا کسی نہ کسی طرح۔ اُس بڑھیا ڈائن کی نظر سے بچ گیا تھا۔ اُس میں بہت انمول سات ہیرے، بوٹے بڑے چمکتے جڑے تھے۔ اِن میں سے پانچ ہیرے نکال شہزادی نے اُسے دیے کہ بو بھئی۔ اِن میں سے ایک تو جا کر بیچ دو، اللہ دیا ہے! اس ایک سے اتنا بل جائے گا تھیس کہ تھکے اور تمہاری کئی پشتوں کے لئے بہت ہو گا۔ اس سے تم اچھی اچھی چیزیں لے آؤ، کھاؤ پیو اور خوب کماؤ۔ باقی چار رنگ رکھ چھوڑو دیسینت کے۔ گوالے کا لڑکا بہت خوش ہو!" اور سچ بیچ ایک ہی نگ بیچ کر اتنا مل گیا کہ گھر بھر کے دلدّر دور ہو گئے۔ کئی چیزیں آ گئیں اُن کے دو دھے ریل پیل ہو گئی

اُدھر شہزادیوں کے محل میں صبح جو ہوئی۔ تینوں شہزادیاں سوتے

جاگیں تو دیکھا کہ بڑی بہن ہیں نہیں، ادھر اُدھر دیکھا بھالا پتہ ہی نہ چلا تو دوڑی دوڑی بڑھیا کٹنی تک پہنچیں تو وہاں کا نقشہ بھی کچھ اور دیکھا، وہ مُردی بھی غائب تھی اور سڑک پر کا دروازہ بھی پاٹوں پاٹ کھُلا پڑا تھا یا اللہ یہ کیا ماجرا ہے اور بیٹھے بٹھائے یہ کیا مصیبت سر پڑی، بہت پریشان ہوئیں، سبھی تو جتن کر چھوڑے لیکن کچھ پتہ ہی نہ چلا، آخر تھک ہار، رو پیٹ کر بیٹھ رہیں۔

جب کئی مہینے بعد شہزادہ پلٹا تو شہزادیوں کو اور بھی اچنبھا ہوا کہ ہیں شہزادہ تو اکیلا ہی آیا! وہ سمجھے بیٹھی تھیں کہ ہو نہ ہو بڑی بہن شہزادہ کے ساتھ چلی گئی ہے۔ اُنھوں نے شہزادے سے شکایت بھی کی آپ ہماری بہن کو ہم سے بے کہے سُنے لے گئے اور اب اُنھیں کہاں چھوڑ آئے؟

یہ سُن کر شہزادہ بھی حق دق رہ گیا کہ یہ کیا کہہ رہی ہیں! شہزادے نے بتایا کہ بھئی میں تو کہیں نہیں لے گیا، بتلائیے تو سہی یہ آپ لوگ کیا کہہ رہی ہیں، ماجرا کیا ہے؟ سمجھ میں نہیں آتا ہے!

تینوں شہزادیوں نے بتایا کہ آپ تو اُدھر سدھارے اور دوسرے ہی دن سے آپا بیگم لاپتہ ہیں اور اُسی دن سے وہ بڑی بی بھی غائب ہیں۔

اوہو، ٹھیک ہے۔ شہزادے نے کہا: یہ سارا فساد اُسی بڑھیا کا ہے، میں نے پہلے ہی کہا تھا۔ خیر، کچھ ہی سہی میں پیاری گلنار کا کھوج لگا کے رہوں گا چین سے نہ بیٹھوں گا۔ اب کے شہزادہ ٹکا ہی نہیں، دوسرے ہی دن سوار

ہولیا، پھر بہتیرے جتن کر چھوڑے پر کسی طرح پتہ نہ چلا۔ آخر تھک ہار کے بیٹھ رہا، پھر بھی دل میں یہ بات بیٹھی ہی رہی کہ دیر سویر اللہ چاہے گلنار شہزادی مل کر ہی رہے گی۔ مگر اس نے سلمہ سے تو شادی نہیں کی۔

دن پر دن یوں ہی بیتا کئے، اِدھر شہزادہ اور اُدھر شہزادی دونوں کے دونوں بے چین رہے۔ شہزادی گوالے کے گھر میں پڑی تھی، گوالے کے گھر والے یوں تو ہر طرح خدمت کرتے رہے، پھر بھی آپ جانیں کہاں شہزادی، عیش و عشرت میں پلی بڑھی اور پھولوں میں تُلی ہوئی اور کہاں گوالے کے گھر کا رہن سہن مگر صاحب بڑی ہی صابر بندی رہی شہزادی۔ قسمت کو رونے کی جگہ ہمیشہ اللہ میاں کی ذات پاک پر بھروسا کئے بیٹھی رہی۔ یا تو کتابیں پڑھتی یا بیٹھی تصویریں بنایا کرتی اور یہ سب یعنی کتابیں اور تصویریں بنانے کا سامان وہ خود بھیس بدل بازار سے لے آیا کرتی۔

ایک بار کیا ہوا کہ شہزادے کو اپنے ایک کمرے کی دیواروں پر تصویریں بنوانی تھیں، اس کے لئے اُس نے گویا اشتہار دیا، ڈُگی پٹوائی۔ شہزادی تصویریں خوب بناتی تھی، سوچا کہ یہ موقع اچھا ہے، اس سے فائدہ اٹھانا، قسمت آزمانا چاہیئے۔ بس تو مردانے بھیس میں شہزادی جا کر شہزادے سے ملی، بات چیت کی، اپنی بنائی ہوئی کچھ تصویریں بھی دکھائیں جنھیں شہزادے نے پسند کیا اور شہزادی کو تصویریں بنانے یا کمرا سجانے پر

لگا دیا۔ مگر شہزادی نے شرط کر لی کہ جب تک کام پورا نہ ہوئے آپ یا کوئی اور اُس سے پہلے دیکھے نہیں۔ یہ بات بھی مان لی گئی اور شہزادی نے کام شروع کر دیا، مستعدی سے۔

شہزادی نے ایک کے بعد ایک بہتیری تصویریں بنائیں۔ اُن تصویروں میں اپنی ہی کہانی کچھ اس طرح اُجاگر کر کے بتائی، اور آخر میں جہاں وہ رہا کرتی تھی، وہاں کا پتہ نشان بھی دے دیا۔ کام جب پورا ہو لیا تو شہزادے کو بلوا کر اور کمرا سونپ کر چلی آئی۔ شہزادہ تصویریں دیکھ پھڑک ہی تو گیا، چیخ اٹھا کہ ہاں ہاں میری گلنار زندہ سلامت ہے اور اللہ چاہے اب میں اُسے ضرور پا کے رہوں گا۔ بس تو شہزادی نے تصویروں میں جو پتہ نشان بتایا تھا اُسی پتے پر ایک دن شہزادہ چل ہی پڑا۔

اُدھر شہزادی کے دل میں بھی یقین رہا کہ شہزادہ شام سویرے پہنچا ہی چاہتا ہے۔ اسی لئے وہ دن میں کئی کئی بار دروازے پر جا کر کھڑی ہو جاتی، شہزادے کا رستہ تکتی۔ شہزادی کی اس بات سے گھر والوں کو اچنبھا تو ہوا پر وہ کچھ کہنا ٹھیک نہ سمجھے۔ چپ ہی رہے۔

مگر بیٹی اس آخری تصویر نے سچ مچ وہ کام کیا کہ اللہ کوئی شائد ہی کر پاتا اور اس خوبصورتی سے کہ واہ وا۔ دوسرا ہی دن تھا کہ شہزادہ پوری تیاری کے ساتھ آ لیا، اس شان سے جیسے دلہن کو لینے کوئی آئے

سیکڑوں پیادے، سوار، باجے گاجے ساتھ۔ ہاتھی گھوڑے، طرح طرح کی سواریاں ان سب کو ذری فاصلے پر چھوڑ شہزادہ خود اکیلا آگے بڑھا، جا کر دیکھا تو شہزادی بھی دروازے پر کھڑی گویا رستہ ہی تک رہی تھی۔ اب جو دونوں کی آنکھیں چار ہوئیں تو شہزادے نے پہچان لیا، دوڑ کے چمٹ ہی تو گیا۔ ایک مدت کے بچھڑے پھوٹ پھوٹ کے روئے۔

غرض کہ ہنسی خوشی شہزادہ جو تھا شہزادی گلنار کو سوار کرا کے گھر لے آیا، باپ کو ماجرا سنایا، بادشاہ بھی از حد خوش ہوا۔ آخر بڑی دھوم دھام سے دونوں کی شادی رچی، ہنسی خوشی، میل محبت، پیار اخلاص کے ساتھ رہا کرتے۔

جیسے ان کے دن پھرے ویسے اللہ سب کے دن پھیرے